Jigsaw

一本桜の会

Contents

始まりは雪のように

杉村　修

「ナイタースキーどうするの？」

と、楓に話しかけられた。現在、二人で旅館のロビーにいる。

俺の目の前に座っているのは藤崎楓（ふじさきかえで）。昔からの幼なじみだ。幼稚園から大学までずっと一緒の学校に通った、親以外でいちばん俺のことをよく知っている『友人』でもある。

「俺はいいかな。それより早く温泉に入りたい」

俺たちは卒業旅行で岩手のスキー場を訪れていた。岩手山の近くにあるスキー場は迫力も規模も違う。

東京駅から新幹線に乗り、盛岡駅へ。そこからワゴン車をレンタルし、スキー場へと向かった。人数は八人。男性四人、女性四人である。

車内では大学の思い出話で大いに賑わった。

もしかしたら学生生活最後のイベントになるかもしれない。全員が何かを感じ取っていた。

この日のために、気合いを入れて旅行に参加している奴もいる。

これから新生活で忙しくなる。一人暮らしをするために地方や海外に行く奴もいた。俺もそんな一人である。

俺と楓がソファーに腰かけていると、何人か人が近づいてきた。今日一緒に旅行に来た友人たちだ。

「あっ、楓さん、学（まなぶ）君」

その中の一人である女性が、俺たちに話しかける。

「瑞穂ちゃん！」

セミロングの髪型が似合うこの子の名前は大石瑞穂。俺の好きな女の子だ。

「楓ちゃんたちはナイターに行かないの？」

瑞穂たちはスキーウェアに着替えている。

「あ～そうだね。行かない」

「そっか～ それじゃ私は秋ちゃんたちと行ってくるね」

と言うと瑞穂たちは外に出て行った。

この旅館はスキー場と隣接しており、営業時間ギリギリまでウィンタースポーツを楽しめるようになっている。俺たちは今日の午前中に到着してからずっと、スノーボードやスキーを楽しんでいた。あいにく俺は初心者だったので、友達の比嘉からスノーボードの乗り方を教わっていた。ちなみに上達はしなかった。

「いいの？」

「ああ、いいんだよ」

俺は瑞穂に告白し振られてしまっていた。瑞穂にはすでに『彼氏』がいた。そのことを知ってしまった今、この時間ですらも結構きついものがある……

「もう、元気出しなよ！ ほら部屋に戻ろ？」

「やっぱり嫌だ、戻りたくない」

「子どもか！」

楓は簡単に言うが、今の俺は重症患者だ。いつから好きだったのだろう。そんなことを考えながら、瑞穂との過去を思い出していた。

「はあ……振られるってこんなにつらいんだな」

「……」

「ん？」

楓を見ると、彼女は黙って一枚のパンフレットを見つめていた。

「どうした？」

楓は何も応えずに、パンフレットを持ってフロントに向かった。

様子を見ていると、どうやら案内係の人と何か話をしているようだ。

しばらくすると、話が終わったのか、楓はこちらへ歩いてきた。

彼女は俺の前まで来ると、パンフレットを突き出し、言った。

「見に行くわよ」

「はあ？」

「じゃあ八時頃、ここでね。よろしく～」

と、彼女は俺に持っていたパンフレットを渡し「忘れるなよ」と、念を押してロビーを去っていった。

　楓との話が終わると、俺は一度部屋に戻っていた。中には友人が一人いる。

「ショック?」

「まあな」

　眼鏡をかけたひ弱そうな体型のこいつは喜多見(きたみ)。大学に入ってからの友人だ。大手の企業に就職を決めている。器量が良く頭も良い。

「学、いいことを教えてやる」

「ん?」

「灯台もと暮らし」

「はあ?」

　喜多見はニヤニヤしながらスマホでゲームを始めた。

　少し気味が悪かったが、俺も駅ビルの本屋で買った宮沢賢治の『銀河鉄道の夜』を読み始める。

「喜多見は誰かに告白とかしないのか?」

「社会人になったら考えるよ」

「真面目だな」

「思ったより人生は長いよ？」

「そうか？　中年になると人生は短いとか聞くけどな」

「そうでもないさ」

　そして時間が過ぎていく……


　一時間後。俺と楓はロープウェーに乗って山を登っていた。

　外は雪が降っている。夜の雪山は寒そうだ。

　しかし、ロープウェーの中は恋人ばかり。全く暑苦しい……

　今更だが、俺と楓の間には何もない。さすがにこの歳まで一緒にいると恋人とかではなく、むしろ家族に近いような感覚である。

　ロープウェーのドアが開いた。他の客に混ざって俺たちも出ていく。

「寒い……」

　外は冷えきっていた。

「ねえ？　学……」

「ん？」

「すごい雪よ？」

「ああ、そうだね」

生返事を返した直後、俺は気付いた。

今は『雪』など降っていない。

「見て？」

楓が夜空を指さした。それを見て俺は顔を上げる。

「お！」

つい声に出してしまった。

見上げると、白い星が『雪』のように『夜空』一面を輝かせていた。それはまさに絶景で、今にも降ってきそうだ。

あれは何という星だろう？　オリオン座はわかる。あの三つの星があるところだろ？　じゃああっちの星は何だろう？　くやしい。もっと星のことを勉強しておけば良かった。

「ね？　来て良かったでしょ？」

楓は俺を見て笑った。

ああ、そうか……俺は、こいつのこと……

「ねえ、あっち！」

今度は何だ？

「イルミネーションよ！」

楓は走っていく。見ていると途中でこけて尻餅をついた。

「何してんだよ」

「いった〜」

俺は笑っていた。そんな彼女が愛しく思えた。俺は近づき手を差し出す。

「早く行かなきゃ、終わっちまうぞ！」

「終わんないよ。ばか」

俺達はイルミネーションのトンネルに入っていく。青や緑色に光る姿は幻想的で感動すら覚えてしまう。

来て良かった。素直にそう思った。

ゆっくり見ているとパラパラと雪が降ってくる。

「あっ！」

「今度は何だよ！」

「町の光すごいよ」

イルミネーションの先に、今度は町の光が待っていた。山の上から見る麓の光景は、まるで生きているかのように光が点いたり消えたりする。車の光、町の光、とにかくよくわからない光まで俺達のもとへ届いている。まるで光の合図をするかのように。

「すげえ」

「元気出た？」

「ああ」
俺と楓はしばらくその光をぼーっと眺めていた。
ねえ、つきあってよ。
ああ。

俺たちの物語がようやく幕を上げる。

ありがとう。楓
どういたしまして。学

俺はきっと、この光景を忘れないだろう。

〈了〉

一本桜の会

心臓の寝坊

藍沢　篠

初めて小さな両手に包まれた日のことは、いまでもきのうのことみたいに思いだせる。

まだ幼い女の子だったきみは、それよりもさらに小さかったボクを見て、一瞬だけ目を丸くしたのち、おずおずとボクの手に触れてくる。お互いの目があったその瞬間、ボクの微笑みに呼応するかのように、きみも嬉しそうな笑顔になった。

「ほらレイナ、はじめましてのご挨拶は？」

きみのママがそういった。きみはちょっとだけ恥ずかしそうにほっぺたを赤らめて、

「え、えーと……はじめまして。わたし、星川（ほしかわ）レイナっていうの。あなたのお名前は？」

ボクに向かって訊ねてくる。きみ——レイナの顔を改めて見つめたボクは、ほんのりと赤いほっぺたに小さな手でそっと触れた。確かなぬくもりがボクの手にもしっかりと伝わる。レイナは驚いたみたいに目を見開いた。そして、

「ママ！　この子、ユエっていうお名前なんだって！　いま、そんなふうに聞こえた！」

とても嬉しそうにはしゃぐ。その姿を見つめたレイナのママは、驚いたようだった。

「レイナにはもう、ユエの思いが伝わるようになったのね。ユエのこと、大事にしてあげるのよ。あなたたちはもう『お友達』なんだから。いっぱい優しくしてあげなきゃね」

その言葉は、ボクの胸にも染みたような気がした。ボクはこれから、小さな女の子と一緒にたくさんの時間をすごすことになる。その時間の中で愛情を分けてあげたい。レイナがいつでも笑顔でいられるようにしたい。

きみはボクのこころを読んだかのように、元気いっぱいの笑顔を浮かべてくれた。咲きかけの花の蕾が一気に開いたみたいで、輝きに満ち溢れている。とても綺麗だと思った。

「うん！　きょうからわたしとユエは『お友達』だよ！　いっぱい優しくする！　ユエ、これからいっぱい、一緒にいようね！」

レイナはそういい、小さくてやわらかな両手で、ボクのことをぎゅっと包んでくれた。ボクはそれに応えるように、ちょっとだけ目をパチパチさせる。きみの笑っている瞬間を、ボクも自分の目に焼きつけたくて。

レイナと一緒にすごせるこれからの時間が、ボクもとても楽しみで仕方なかった。どんなに楽しいできごとが、レイナとボクを待っているのだろう？　そう考えるだけで、ボクの小さな鼓動も高鳴るような気がした。


レイナとボクが初めて出逢った、次の日。

レイナはボクを連れて、近所のアクセサリーショップに足を運んだ。レイナがいうに「ユエに似あうアクセサリーを探すの」とのことだったので、ちょっとだけ嬉しくなる。

レイナが抱えている小さなピンクのお財布には、レイナのママがお小遣いにくれた、ピカピカの五百円玉が入っている。ボクはアクセサリーにはあんまり詳しくないのだけれども、五百円だけでお金は足りるのだろうか。

「いらっしゃい！　お、レイナちゃんか」

　辿り着いたお店に入ると、店員のお姉さんがレイナに声をかけてきた。初めてだったボクはびっくりして、レイナのうしろに隠れる。

「スミレさん、こんにちわ！　なにかかわいいアクセサリー、ありませんか？　できればふたつくらいセットになったものとか！」

　レイナは元気いっぱいに、お姉さんに訊ねていた。お姉さんは不思議そうにしながら、

「セットになったもの？　レイナちゃんにしては珍しい……って、ああ、そういうこと」

　レイナのうしろに隠れていたボクに気がついたらしく、レイナがなにをいおうとしているのか、すぐに察してくれたようだった。

「その、うしろに隠れている子にもほしい、ってことなんだね。ＯＫ。よさそうなものを探すよ。その子の名前はなんていうのかな」

　お姉さんはボクを見つめながら、レイナに問いかける。レイナはとても嬉しそうに、

「この子のお名前は、ユエっていうの！」

お姉さんへと応える。ここにきてようやく、ボクはレイナのうしろからほんの少しだけ、お姉さんの方をちらりと見つめた。

　お姉さんは少し考えるそぶりを見せて、

「ユエ……中国語で『お月様』っていう意味だね。綺麗な響きの名前だと思うよ。よし、レイ

ナちゃんとユエちゃんに似あうもののイメージができたから、少し待っていて」

そう伝えると、棚の並ぶお店の奥の方へと向かっていった。レイナがボクを見て、とても嬉しそうな表情を浮かべてつぶやく。

「どんなものを選んでくれるんだろうね？」

ボクもレイナの顔を見つめて、目を瞬かせる。なにがでてくるのか、ボクも楽しみだ。

しばらくして、お姉さんがレイナとボクのもとへと戻ってくる。小さなプラスチックの箱を持ってきたお姉さんは、傍らのカウンターに箱を置いて開け、中身を手のひらに乗せて差しだし、レイナとボクに見せてくれた。

そこには、片方は大きな星のそばに小さな三日月、もう片方は大きな三日月のそばに小さな星が寄り添っている、ふたつのブローチがあった。お姉さんは微笑みながらいう。

「こんな感じのものはどう？　レイナちゃんの苗字には『お星様』が入っているし、ユエちゃんの名前は『お月様』だから。出逢いの記念と、いつも一緒にいる約束の証になるんじゃないかって思うな。レイナちゃんとユエちゃんのために、いまここにあるんだよ」

お姉さんはさらに箱の中から細い銀色のチェーンを取りだし、大きな三日月のブローチの留め金にチェーンを通して、そのままボクの首へとかけてくれた。ブローチを身につけたボクを見て、レイナが笑顔になる。

「とってもよく似あっているよ、ユエ！」

そういわれると、ボクも少し嬉しくなる。レイナはさらに、お姉さんに訊ねていた。

「スミレさん。これ、わたしもつけてみていいですか？　ちょっと鏡で見てみたいです」

「いいよ。でも、レイナちゃんのは髪飾りにした方が似あうかもしれない。少し待って」

お姉さんはそういって、もうひとつの大きな星のブローチを手に取り、留め金にパッチン留めのヘアクリップをつけ、レイナの髪にセットしてくれた。その姿にボクは微笑む。

レイナのあまり長くはない髪に星のブローチがうまく映え、かわいらしさを際立たせている印象だ。お姉さんの読み通りだった。

レイナも手鏡で自分の姿を確認しつつ「かわいい……」とつぶやいた。それからボクを見つめ、その顔に笑みを浮かべて、いう。

「このセットにします！　いくらですか？」

レイナはお財布を開けて、五百円を取りだした。それを見たお姉さんは小さく笑い、

「そうだね。本当ならふたつセットでで七百五十円なんだけど、レイナちゃんは常連さんだからね。少しだけおまけしちゃおうかな。五百円でふたつとも持って行っていいよ」

そう応えてくれる。レイナの大きな瞳の中に、綺麗なヒカリが瞬いたような気がした。レイナは五百円をお姉さんに渡し、笑う。

「ありがとうございます、スミレさん！」

「お買い上げありがとう。レイナちゃんのような常連客のおかげで、うちは保っているような

ものだからね。またいつでもおいでよ。もちろん、またユエちゃんも連れて、ね」

そういいながら、お姉さんがボクの頭を軽く撫でてくれたので、ボクも嬉しくなった。

その時、開け放たれたままだったアクセサリーショップの扉から、春の穏やかな風が店内に吹き込んでくる。桜の花びらが風に乗って何枚か流され、そのひとひらがレイナの華奢な肩の上に舞い降りてきた。レイナとボクのことを祝福してくれているかのようで、ボクの小さな胸が満たされたような気がした。


レイナという少女は、活発で明るい性格をしていた。ボクのように少し引っ込み思案な子にでも、その太陽のような明るさと笑顔をもって、いつでも優しくしてくれる。ちょっと元気すぎて、ボクの方が逆に追いつけないこともあるほどだ。それくらいにレイナはとても快活で、一緒にいて楽しかった。

だけど、たまにはボクも休ませてほしい時がある。昼寝をしている時なんかがそうだ。

レイナとボクが出逢ってから、二年と少しがすぎた夏の終わりころのある日、ボクはまだ暑いままの陽射しを避けるようにして、家の中でうたた寝をしていた。だが、玄関先からレイナが呼ぶので、仕方なく起き上がる。

寝起きのために若干おぼつかない足取りでレイナのもとへと向かうと、レイナはボクを見つめながら、苦笑いを浮かべてぼやいた。

「……本当、ユエはお寝坊さんなんだから」

それでも次の瞬間には、いつものように快活な笑みに変わり、ボクの頭を撫でながら、

「少しでかけるよ。ちゃんと運動しなきゃ」

ボクに向かってそういってくる。ボクだって毎日、朝と夕方には外出しているので、運動量が足りていないわけではないのだが、それ以上に動き回っている割に疲れの色を見せないレイナはいったいどんな体力をしているのだろうかと、呆れるくらいに思った。

レイナと一緒に外にでると、秋が近づいてきた証なのだろうか、わずかに涼しくなった風が吹き抜けていった。道路も真夏ほどには熱を帯びてはいない。これが季節の移ろいなのだろうかと、一緒に歩きながら考えた。

「あ、そういえばきょうは三日月だっけ」

不意にレイナがそういうので、ボクもつられて空を見上げてみる。西の空、地平線の少しだけ上のあたりに、細い糸のように欠けた月が浮かんでいた。少しずつ日が短くなってきた空の中、白くひかる月が綺麗に見える。

近くにはもうひとつ、明るく輝く星が浮かんでいる。その星は金星で、宵の明星と呼ばれるのだと、レイナが教えてくれた。

「これってなんだか、わたしたちの持っているブローチと同じような景色だよね、ユエ」

レイナはボクに向け、そうつぶやいた。

出逢ってすぐに買ってもらったブローチは、いまでもいつも身につけている。もちろんレイナもだ。そのブローチもこの瞬間と同じ、三日月と星という組みあわせ。運命の巡りあわせみたいなものを感じる気がする。

「あと何年、ユエと一緒にいられるのかな」

ぽつりとレイナがいう。出逢ってからまだ二年しか経っていないのに、なぜそんなことをいだすのかが、どうしても気になった。

ボクはもっともっとレイナと一緒にすごしていたい。あすもあさっても、半年後も一年後も、それよりずっと先の未来も、ずっとレイナのそばに寄り添っていたい。それはいまのボクのまぎれもない本音なのだから。

珍しく、レイナがいまにも泣きだしそうな表情で、ボクの隣にうずくまる。ボクはそんなレイナのほっぺたに触れた。ボクの手に、レイナの涙がはらはらとこぼれ落ちてくる。

(ねえレイナ、どうして泣いているの?)

本当はそう訊ねたかったけれども、ボクが訊いた所で、レイナは本当のことを教えてくれないような気がした。快活で裏も表も存在しないようなレイナだけれど、なにかボクに対して隠しごとをしているのだろうか。ボクにはまだ、すべてを明かしてはくれない。

レイナはしばらくの間、ボクの前で静かに泣いていた。なにもわからずにいるボクは、同じように静かに、レイナを見つめていた。

レイナが泣き止み、また歩きだしたころには、三日月は地平線の彼方へと沈んでいた。

この日のことも、忘れはしないだろう。


季節がさらに巡って、レイナとすごしてきた時間は、四年近くになろうとしていた。

冬の終わりと春の始まりが近くなってきたころ、レイナの通う小学校で卒業式が執り行われる予定の前の夜。レイナはまたボクを連れだして、雪が少し残る街を一緒に歩いた。

レイナはいつものように元気いっぱいで、たまにボクの首筋へと雪を触れさせてきた。ボクがびっくりして震えると、そのたびにけらけらと明るく笑ってみせる。いつかの夏の終わりに見せていた泣き顔は、まるで嘘だったみたいだ。やはり裏も表もないのがレイナなのだと、改めて思い知った気がする。

「あしたは卒業式かぁ。お別れになっちゃう友達もいるけれど、ユエとはまだ一緒だよ」

四年あまりの時間の中で、ボクはレイナとすごしている時間を、幸せな時間であると認識するようになっていた。ボクの方がそう思ってしまうくらい、レイナはあの夏の終わり以外に、いちどたりとも泣いている姿を見せていない。笑顔でいる時間があまりにも長すぎるために、レイナもまた幸せを感じながら生きているのだろうと、ボクは思っていた。

ボクがちょっとだけぼんやりしていると、唐突に冷たいものがボクの頭に触れる。その感触に驚いて我に返ると、いたずらっぽい笑みを浮かべたレイナが、ボクに触れさせていた手を離した所だった。先ほどの冷たいものはどうやら、かじかんだレイナの手だったようだ。あまりびっくりさせないでほしい。

レイナのいたずらにちょっと腹が立ち、ボクはレイナを振り払って、走りだした。驚いたようにレイナがあとを追いかけてくるけれども、足の速さがまったく違うこともあり、どんどん距離が離れてゆく。たまにはボクからこんないたずらをするのもありかもしれないと、わずかに悦に浸った、その直後だ。

唐突に胸が締めつけられるような感覚に見舞われ、走っていた足から一気に力が抜けていった。ボクはよろめき、雪の残る道路の上に倒れ込む。なにが起こったのかわからないうちに、視界が揺らめき、真っ暗になった。

暗闇の中でレイナの焦ったような声が聞こえた気がしたけれども、それすらも本当のことなのかはっきりしない。レイナの顔を思い浮かべている間に、意識が刈り取られた。

次に目を覚ました時、ボクは見慣れない場所にいた。どうやら病院だと気づくと同時に、なにが起きたのかを思いだそうとする。

あたりをキョロキョロ見回すと、レイナやレイナのパパやママが、とても心配そうな表情を浮かべ、ボクのことを見つめていた。

(……レイナに、謝らないといけない……)

　そう思い、身体を動かそうとしたが、お医者さんと思しき誰かの手が、ボクを止める。ボクはおとなしくしていることにして、お医者さんがレイナたちに説明を加えるのを待っていた。

お医者さんは静かな声で告げる。

「どうやら狭心症だと思われます。この子はもともと運動があまり得意ではないはずですが、そこに一気に負担をかけてしまったために、倒れる所まで至ったのでしょう。最初は嫌がるかもしれませんが、薬を処方します」

　その言葉を聞いてようやく、ボクは自分の身体に起きた事態をある程度把握できた。

おそらくだけど、あの夏の終わりにレイナが見せた涙の理由は、これだったのだ。いつボクがいなくなってしまうのか不安だったから。いつか終わりがくると知っていても、それがレイナにとって、予想以上に早くやってきてしまうのが、怖くて仕方なかったから。だからあの時、レイナは泣いていたのだ。

　そして、答えを知ってしまったいま、ボクもレイナと同じく、怖くて仕方がない。レイナとのお別れの時がいつやってくるかもわからないのだ。いつも明るく笑っていてほしいと願っている存在のレイナに、悲しい顔はほんの少したりとも見せてほしくなんかない。

　ボクは、ボクに起きているできごとを受け入れることしかできないのだから。せめて、レイナにこれ以上の心配はかけないようにしたい。ましてや、もういちど泣かせるようなことは、絶対にあってはいけないのだ。

病院での治療を終えたのち、ボクはレイナと一緒にでかけることを控えるようになり、家の中で寝ている時間がだんだんと長くなっていった。そうでもしないと、身体が悲鳴を上げた時に、またレイナを悲しませてしまうと思ったためだ。お医者さんが「嫌がるかもしれない」といっていた薬は我慢して飲み、じっとおとなしくしていることを選んだ。

レイナの方はというと、ボクが倒れた日の翌日に無事に卒業式を迎え、いまは新しい環境に慣れようとがんばっている最中である。そういった事情もあり、なおさらボクなんかのために時間を割かせるのが嫌だったので、ボクはおとなしくしていようと決めたのだ。

でも……ときどき思ったけれども、レイナと一緒ではない時間は、実に退屈でおもしろいことがなにもない。ボクのわがままなのかもしれないとはわかっていたけれども、ほんの少しだけでいいから、かつてのように、レイナにボクのいる方を向いてほしかった。

願ってしまうのは、贅沢なのだろうか。

祈ってしまうのは、傲慢なのだろうか。

どちらにしても変わらないのは、ボクのエゴにつきあえるほど、いまのレイナは暇ではないということだ。レイナにはレイナの生き方があるのだし、ボクに囚われてしまったらレイナ自身が前に進めなくなってしまう。

ボクはそんなレイナに迷惑をかけないように、ただじっとしているしかないのだろう。

　倒れた日から先、ボクはずっとずっと、そのことばかりを考え、孤独にすごしていた。

　レイナの前で倒れてから、おとなしく暮らすことをこころがけていたためか、それ以降は身体に不調が起こることはないままで、二年ちょっとの時間がすぎようとしていた。

　徐々に空気が暖かくなってきたころ、ボクはいつものように昼寝から目覚め、ぼんやりとあたりを見回す。昼間はみんな外出しているので、誰もいないことはわかっていたけれども、いつもの癖でなんとなくそうしてしまうのだ。もしここにレイナが現れたとしたならば、まっすぐに飛びついてしまうのが簡単に予想できたため、少し落ち込んだ。

　ボクは、レイナに少しでも幸せを分けてあげることができていただろうか。自分の中で問いかける、ボクではない誰かが存在しているのに、いまさらのように気づいていた。

（……本当、ユエはお寝坊さんなんだから）

　いつだったか、一緒に外出した際にレイナがつぶやいた言葉を、唐突に思いだした。

　ボクはどうやら、いつも寝坊を繰り返しながら生きてきたような気がする。ちょっとだけ他からは遠回りになり、結果として周りに迷惑をかけてばかりだったのではないだろうか。そんな自分の生き方を見つめ直し、どうしてこんなに理不尽な生き方を強いられているのだろうかと、いるのかも定かではない神様を呪った。これでは救いもなにもない。

（それでも、レイナは幸せだと思ってくれていたのかな。ボクにはもうわからないや）

目を閉じると、どこかでレイナの涙を見すごしてしまうような気がして、時間が許してくれる限りは目を覚ましていようと決めた。

（おそらく……もう寝坊はできないから）

そう思って、ボクはレイナのものとペアになっている、首から提げられたブローチにそっと触れた。このブローチを手放す時がきてしまわないようにと、ほんのわずかに願いを込める。そうでもしないと、ボク自身がこの瞬間にでも、バラバラになってしまいそうな気がしたから。身体は保つかもしれないけれども、こころの方が砕けてしまいそうだ。

怖さで震えが止まらなくなった、その時。玄関の鍵が開けられる音が微かに聞こえてきた。誰がきたのだろうと、少し不安になる。

だけど、そのひとがボクのもとへとやってきた時、ボクはそれまで感じていた、もやもやした思いを、一瞬だけ忘れられたのだ。

やってきたのは、ずっとずっと思い焦がれていた相手である所の、レイナ当人だった。

「ユエ、きょうはお昼寝していないんだね」

いつも間違いなく聞いているはずのその声から、妙に懐かしさと優しさを感じたのは、どうも気のせいではなかった。ボクの目から、以前にレイナもそうなってしまったみたいに、涙の雫がひとつ、こぼれ落ちていった。

「ユエ……泣いているの？　変なの、けさもちゃんと逢っているのに、どうかしたの？」

そうだ。ボクはいまこの瞬間、本来ならばありえないはずだった涙を流している。それは……レイナ、きみに逢えて幸せだったと、そしていまも幸せだと、そう思えたから。

出逢ってから六年が経過し、幼い女の子だったレイナは、大人の女性に移ろいゆく途中の少女に変わっている。背はだいぶ高くなり、胸もふんわりと膨らみ、顔つきも大人の女性になりつつあるのだから。昔と変わっていないのは、出逢ってすぐに一緒に買った、ペアになったブローチをまだ愛用していることくらいなものだ。ともに歩いてきた時間が同じ長さであるのに、均質ではなかったのだと、改めて思い知らされたような気にさせられた。

ボクにとって、この六年間は幸せだったのだろうか。唐突にそのことが気になった。

レイナのもとへと歩み寄り、とても久しぶりに、そのほっぺたへと手を触れさせる。この日のレイナのほっぺたからは、外を燦々と照らしているであろう、太陽のヒカリのようなぬくもりが感じられた。もう、それだけで十分すぎるくらいだった。ボクは幸せだ。

「もしかして、うまく眠れない感じかな？」

レイナからの問いかけに、ボクは小さく首を振った。その応えにレイナは静かに微笑んで、小さく、透明な声で歌を歌い始めた。

いわゆる子守歌というものだろうか。旋律がとても落ち着いていて、こころが安らいでゆく感じがする。少しでも気を抜いたら目を閉じてしまいそうになるくらいに、優しい歌声ばかりが静かに部屋の中に響いていた。

ナイティナイト……わたしの胸の中で……

確か、英語で「おやすみなさい」という意味だっただろうか。ボクはもう、休んでいていいという意味なのだろうか。真意ははっきりとしないままだったけれども、なんとなくいいたいことは伝わってきたように思った。

レイナにとっても、ボクと歩んできたこの六年間は、確かに幸せな時間であったのだ。だからこそ、こうしてボクの幸せな夢見を願ってくれているのだとわかる。そうでなかったならば、この歌をいま、このタイミングで歌い始めることなんて、ありえないから。

――ボクって、幸せでいられたんだなぁ。

感慨に耽りながら、ボクは目を閉じる。わずかに残っていた意識も、静かに暗闇に包まれてゆき、そしてなにも見えなくなった。


混濁していた意識がはっきりしてくる。

ボクはいつの間にか、夢の中でふわふわと漂っているような感覚に包まれていた。それと同時に、やっとわかったこともあった。ボクはどうも、寝坊をしてしまったらしい。それも今回は、うっかり……本当にうっかりとだったけれども、レイナの目の前で、しかも心臓が寝坊をしてしまったみたいなのだ。

小さな心臓がうまく目覚めることができなかったのだろう。意識はきちんと存在しているというのに、身体がそれについてきている感じがしない。本当に、レイナがぼやいていた通りだ。ボクは酷いねぼすけらしかった。

それでも、レイナのもとに残してきた思いは、まったく変わることはないと断言する。ボクはレイナに出逢えて、幸せだった。

それだけが、ボクを巡る真実であり、レイナのこころにも刻み込めたと信じている、ボクからの誠だ。きっと伝わっているだろう。

ふわふわしている感覚の正体が気になり、ようやくボクはあたりを見回した。ボクの周りには、普段は真下からしか見ることのできない、空を飾っている綿雲が浮かんでいた。

ちょっと遠くに見える風景の中、見覚えのあるような気がする女の子が、小さな犬を抱きしめながら笑っている。レイナとボクもあんな感じだったのかと、微笑ましく思った。

そういえばと思い、ボクは自分の首もとを確認する。そこには、レイナとペアになっているブローチがいまでも、きらきらと輝いてくれていた。これはきっと、レイナとボクが同じ空間にいられた、なによりの証だろう。

レイナはボクを、褒めてくれるだろうか。

いつもより上手に、少しだけ遠くのちょうどよく見つからない位置に隠れることができたのだから、それだけは誇っていいだろう。幸せの味を噛みしめる時、ボクが見えていたならば、レイナはボクに囚われてしまうだろうから。ボクの存在だけがすべての幸せではないとレイナに教えられたことが、ボクがレイナと同じ空間にいた意味なのだろうから。

だから、いまだけは胸を張っていおう。

ナイティナイト。

別れの刹那、レイナが歌ってくれた子守歌のフレーズを、ボクはそっと口ずさんだ。

〈了〉

一本桜の会

今和　立

十二月十五日。その日は曇り空だった。時刻は十九時。肌寒さが身を包むが、雪はまだ降ってはいない。どうやら神様は私の味方のようだ。

私はいつものように、大熊駅のピロティに赴いた。

週の半ばともあり、行き交う人々はコートに身を包んだサラリーマンやＯＬがほとんどだった。中には、私のようにギターを担ぎ、自分の指定席に向かうと思われる人もいた。

ギターを構える。観客はまだいない。チューニングを行ったのち、弦の一本を軽く弾くと、微かな音が響いた。それから六本の弦を続けざまに震わせる。どうやら大丈夫そうだ。私は花壇の縁に軽く体重を預けるように腰掛け、道行く人々に向けて歌い始めた。

君と出会った瞬間
僕の時間はスローモーション
なんと声をかけたらいいいんだろう
ああ、迷う
神様、いるのなら僕の声を彼女に届けて
最高のメロディとともに……

行き交う人々の足は止まらない。まるで私の歌もギターの音色も、この世には存在しないかのように去っていく。

私は演奏のときにはギターケースを閉じている。チップを入れる箱も置いていない。純粋に歌を聴いてもらうためだ。一人でも多くの人に歌を聴いてほしい。それが、いまの私の願いだ。

歌い始めてから十五分ほど経っただろうか。三曲目が終わり、パラパラと拍手が起きた。顔を上げると、数人の男女が目に入った。観客たちは、曲が終ったことで、その大部分が去って行く。その雑踏の中に、見覚えのある一人の男性を見つけた。

その男性は、いつも最後まで聴いていく。話したことはないけれど、仕立てのいいスーツとコート、刈り上げた短髪に、理知的な眼鏡が彼の性格をそのまま表現しているように思われた。男性は近くもなく遠くもない、私と程よいくらいの距離感を保って、私の歌を聴いているようだった。

私は、次はシックな曲でいこうかと思い、マイナー系のコードで弾き始める。感傷に浸りたい訳ではないが、人波に流されそうな自分の心に、悲しみに似た思いが溢れてきたからだ。こんなときには即興曲がいい。感情に流されるままに弾き歌うのも、ときとして乙なものだ。

私は感情の赴くままに弾いた。

＊＊＊

「あの……」

数日後、あの男性が話しかけてきた。時刻は二十一時。人の行き交いは少なくなってはきてはいたが、それでも、雑踏と呼ぶには相応しいくらいのスピードで人々は歩み走って行く。それもそのはず、先ほどから雪が降り始めていたからだ。風は無く、雪は水分を含んでいるのか、フワッとはせずにビチャビチャとタイルに降っていた。限りなくみぞれに近かった。

私も雪に耐えかねてギターを片付け始めた、そのときだった。

「はい？」

私はようやくその一言を発する。路上ライブで話しかけられるとは思っていなかったため、心の準備ができていなかった。男性は返答があってホッとしたのか、柔和な表情を浮かべた。まるで自分は敵ではないと言いたげだ。だが、相手は異性。しかも、いつも見かけてはいると言っても初めて言葉を交わすのだ。緊張感を持つのは必然だろう。

「僕は伊手（いで）と言います。いつも素敵な歌を聴かせてくれて、ありがとうございます」

伊手は頭を下げた。その謙虚な佇まいと口調には品があるように感じられた。加えて、彼が発する低音の声には、警戒心を和らげる効果があるようだ。

「いえ、そんなことないです。練習中の歌ですし、聴いていただいてありがとうございます」

私は「今井（いまい）です」と名乗る。伊手はより柔和な表情になった。名前を知り得た仲になったことで、嬉しくなったのだろうか。伊手の爽やかに刈り込まれた髪にみぞれが降り注ぐ。

名乗りながら片付けていた私の準備が整うまで、伊手は、教師に「立っているように」と指示された子どものように、律儀に待っていた。私が立ち上がると、彼はそれを待っていたかの如く「寒いですから、どこか暖かいところで食事でもどうですか？」と話した。私は迷ったが、

「すみません。今日はこの辺で帰らないといけないので……」

そう、断りを入れる。しかし、伊手は引き下がらなかった。

「じゃあ、ほんの少し。少しの間でいいですから、お願いします」

頭を下げながら懇願してくる伊手に、私は困惑した。この様子を道行く人々がじろじろと見ていく。

「分かりましたから、頭を上げてください。……少しだけですよ」

「あ、ありがとうございます」

そう言うと、伊手は私の片付けが終わるのを待って、「こっちです」と案内を始めた。

＊＊＊

伊手が入ったのは、駅の近くにあるイタリアンレストランだった。店内はなかなか混み合っており、私たちはかろうじて空いていた窓際の席へと案内された。

ここに来るまでの会話で、伊手は二十六歳だと分かった。私が二十五歳だから、一歳違いだ。

「何を食べたいですか？　どれでもいいですよ」

そう言いながら、伊手はメニュー表を私に手渡してきた。私はそれを受け取ると、伊手とメニュー表を交互に見ながら、適当にメニューを決めた。その間も、伊手はニコニコと私を見ていた。

ウェイターを呼ぶ。ウェイターは笑顔で「ご注文はお決まりですか？」と言った。私はトマトパスタとシーザーサラダを注文する。伊手も何かを頼むと「飲み物はどうします？」と訊いてくる。私はオレンジジュースを、伊手は赤ワインを頼む。オーダーを取り終えたウェイターが下がると、伊手が話し始める。

「今井さん、こういうお店って初めてですか？」

私は頭を横に振った。初めてではない。大学のときはしょっちゅう仲間と一緒にインスタ映えを狙ってパスタ店やカフェには通い詰めたものだ。それから、もう早三年は過ぎることになる。あのころ、同じ夢を抱いていた仲間たちは、大学卒業後に、その夢を社会の壁によって跳ね返され、各々別の道を歩むことになった。そのためか、いまでは疎遠ともいえる関係になっている。

「今井さん。その、下のお名前はなんて言うのでしょうか？」

「いずみです。今井いずみ」

「今井いずみさんですね。あ、僕は、伊手翔（しょう）といいます。改めて、よろしくお願いします」

私は会釈をした。何をお願いするのか、私には分からなかった。

そこで私は気になっていたことを訊いた。

「あの、伊手さんは最近よく聴きに来られますよね？」

伊手が息を呑んだ。まるでバレていないとでも思っていたかのようだ。だが、毎日のように通いつめられれば分かるものである。

彼はパタパタと、まるで蚊を追い払うかのように手を振った。

「そ、そんなことないですよ。たまたまです、たまたま……」

何を隠す必要があるのか、私には謎だった。聴いてくれる観客がいることは喜ばしいことこの上ないのだが。そんな私の気持ちなどどこ吹く風のように、彼は視線を泳がせた。

伊手の頬は少し赤くなっていた。そこへ飲み物が届く。「乾杯」とグラスを合わせると、伊手はまるでジュースを飲むかのように、ワイングラスの半分までを一気に飲んでしまった。

「大丈夫ですか？」

「ええ、大丈夫です。今日は飲みたい日なんです」

すると、伊手は残りのワインも間髪入れずに一気に飲んでしまった。彼の顔は、あっという間に隅々まで赤くなった。本当に大丈夫なのかと思っていると、伊手は再びウェイターを呼ぶと、同じく赤ワインを注文した。

「あの、本当に大丈夫ですか？　顔、赤いですよ」

「大丈夫です。いつものことですから。限界になってきたら水に切り替えます……。今井さん」

「はい？」

私は運ばれてきたシーザーサラダを頬張りつつ、伊手の問いかけに反応した。すると、彼はグラスを手に立ち上がった。

「今井さんの歌は、最高だー！」

突然の発言に私は面食らった。いったい何を言い出すのか。微かに音楽のかかった店内に、伊手の声はよく通った。客の女性たちがこちらを見た。

「あ、あの。止めてください。恥ずかしいです」

だが、そう言う私の制止を彼は聞かない。ぐだぐだと話を続け、時折「最高だー！」と叫び上げていた。私の制止など、聴く耳を持たなかった。その間にも、伊手は二杯目の赤ワインを飲み干していた。

私は怒りのあまり席を立つと、ギターケースを担ぎ、足早に店を出た。外は雪がしんしんと降っていたが、私は目もくれず、その雪の中を歩き始める。

しばらくして、そんな私の下に、息を切らした伊手が走り寄ってきた。

「い、今井さん！　待って！」

私は足を止めると、肩で息をしている伊手を見た。伊手は店にいたときよりはまともな目をしていた。

「どうしたんですか？　いきなり店を出るなんて……」

私は彼を睨みつけた。そこには、はっきりと敵意を込めて。

「『どうしたんですか？』　その言葉、そのままお返しします。私、酔っ払いを相手にするほど暇じゃないので」

踵を返してスタスタと歩き始める私に、伊手が食い下がる。

「ちょっと待って。気分を害したのなら謝ります。ゴメンなさい。今井さんと食事ができるものだから、つい舞い上がっちゃって……」

伊手はいまにも泣き出しそうな表情だった。しかし、私はためらわない。

「もう、知りません！」

それだけ言い捨て、私は駅の方へと歩みを進める。雪の降る背後で伊手の泣き声が聞こえた気がした。

＊＊＊

「ただいまー」

私の声に返答する者などいなかった。私は電灯のスイッチを押す。二、三回の明滅のあと、部屋は昼間よりも一層明るくなった。この１ＬＤＫの部屋こそが、私の城なのだ。その城の奥に据えられたベッド脇にギターケースを置き、カーテンを閉めると、私自身もベッドに身を委ねる。ベッドはフワッと私を迎え入れてくれた。そのまま五分ほど、何もせず、何も考えずにいた。

（悪いことしちゃったかな……）

そう、心に思った。路上での伊手の様子は、明らかに普通ではなかった。あのむせび泣く声が、私の心にいまもこだましている。

私はテレビを点けた。時刻は二十二時五十分過ぎ。天気予報が流れる時間だ。私はいつも明日の天気を欠かさずチェックしている。天気によっては路上ライブができないからだ。

テレビの画面に明日の天気が表示され、明るい色調の絵と音楽が流れ、まずは今日の天気、それから明日の天気が映しだされる。明日の天気は晴れのち曇り。降水確率は二十％だ。ほぼ雨や雪は降らないと思ってもいいだろう。

私はギターをケースから取り出し、再びベッドに腰掛けた。ビイイン、ピイイン、と弦を弾いていく。この我が城は防音仕様になっているため、ちょっとやそっとの音量では他の部屋に迷惑をかけることはない。そのことを売りにしていたくらいだ。安心して音を出せる。

そっと、頭によぎった歌を口ずさむ。

雪の降る夜更けに　　君は尋ねてくる

そう、今夜は、待ちに待った　　クリスマス・イヴ
天使が舞い降りてくる　　クリスマス・イヴ
始まりは　　サイレント・チャイム……
ああ、神様　　私の願いが届くなら
私はあなたを信じます……

私は途中でギターを止めた。いま求めている曲は、こんなものじゃないと思ったからだ。いま私が求めている音楽は……？

私は弦を弾きながら考え続けていたが、いい歌詞もメロディも浮かばない。

悩みながらギターを再び止めた。すると、それを待っていたかのように、テーブルに置いていたスマホが鳴動した。画面を見ると母からだ。すぐに応じる。

「何？　お母さん」

すると、電話の向こうで母が小さく溜息をついたのを感じた。

《いずみ、『何？』じゃないでしょ。ちゃんとご飯食べているの？》

この決まり文句に私は、またか、と思った。

「食べているわよ。昨日は生姜焼きだし、一昨日はホッケを焼いて食べたわ。だからそんなことで、いちいち電話かけてこないでよ。心配し過ぎ」

《心配もするわよ。仕事しないで仕送りだけで生活しているんだから。変にケチって干からびているんじゃないかと冷や冷やしていわ。……そろそろ仕事、探したら？　いまなら、まだ二十五歳で、好条件の仕事だってたくさんあるから、少しは考えてみなさい》
　今度は私が小さく溜息をついた。心配されるのはありがたいが、それも度を超すと気が重くなる。
「心配してくれるのはありがとう。でも、いまできることをやりたい。就職は三十歳でもできるけれど、こうやってストリート・パフォーマンスはいましかできない……」
　そこまで話すと、不意に電話の向こうで息が漏れるような音がした。すると母が、
《分かっているわよ、いずみの気持ち。これで何回目かしらね、仕事探しなさいと言ったの。その度にあなたは、そう言う。気持ちがぶれない。意志が固いのね。でも、二十代の内よ。その間は応援してあげるから、頑張んなさい》
　私は「うん」と答えた。それから少しの間、たわいもない会話をしてから、通話を切った。
　スマホをテーブルに戻し、ふーっと息を吐きながらベッドに横たわった。母との会話は気を遣う。応援してくれるとは言ってはいるけれども、実際には仕事について欲しいというのが本心なのだから、下手に口を滑らせてはいけない。
　明日は外に出かけようかな、と思い、どこへ行こうかと考えた。そのまま瞼を閉じた瞬間、フッと意識が飛び寝てしまった。

＊＊＊

次の日。天気は晴れ。

私は朝からリュックを背負い、外出した。

目指すところは特に決めていない。近所周りもよし、ふらりと違う街へ行くのもよし。その場その場での風景を感じ、歌を作るための外出だ。曲のインスピレーションを得るため、私は時折、こうした外出をする。もとより昼間は暇人なのだから、予定はその時々の気持ちで決まるのだが。

「フンフフン、フン、フンフンフン……♪」

街中を走るランナー、駐禁の車、巡回するパトカー、街路樹に止まる小鳥の群れ、小学校から聞こえてくる子どもたちの声、向かって来るトラック……。

街の様子は一度として同じときはない。寒気のために花などの自然物は少ないが、それでも毎日異なった姿、表情をのぞかせる。私はそんな街の姿を、リュックから取り出したカメラで撮影していく。

犬の散歩をするおじいさん、季節外れの小花、寒空を包み込むようにそびえる街路樹。何を撮影するか迷っていた、そのときだった。

「みーちゃん、行ったぞ！」

「うーん！」

男の子と女の子の声が聞こえてきた刹那、レンズ越しに見たその風景に、私は一気に緊張に包まれた。

小学校の門から、一人の女の子がボールを追いかけて、正面の道へと飛び出したのだ。そして、そのそばには駐禁の車。その道の向こうからはトラックが何も警戒しないで、スピードを落とすことなく向かってきていた。

「危ない！」

私はそう叫ぶと走り出した。しかし、間に合わない。両手を振るが、トラック運転手は気付いていないようでスピードを落とさない。

と、そのときだ。女の子を追いかけ、道路に飛び出した男性がいた。男性は、あわやトラックとぶつかるかというギリギリのタイミングで、女の子を連れ戻すことに成功した。その脇をトラックが走り抜けていく。女の子はショックのあまり放心状態で、男性は足を押さえていた。どうやらケガをしたようだ。着ていたジャージのひざ部分が擦れて破けていた。

私は駆け寄ると「大丈夫ですか？」と問いかけた。男性は「大丈夫です」と顔を上げた。

思わず、息を呑んだ。

「伊手さん……」

「今井さん、どうして……」

私たちは、しばらく呆気にとられていた。

すると、「えーん」と、女の子が泣く声が聞こえた。ケガはないようだが、ショックだったみたいだ。

「よし、みきちゃん。ケガは無いね。よかった」

そう言う伊手の膝から血が滲み出ていた。

「痛……！」

「大丈夫ですか、伊手さん！」

伊手の膝からはおびただしい出血があった。私は急いでリュックの中から使えそうなものを探す。すると、弁当の包みに使っていたバンダナが目についた。

私はバンダナを取り出すと、さっと、傷口を覆うように結んだ。

「あ、ありがとうございます」

「いいえ。昨日の食事のお礼です」

出血を抑えるため、できる限りきつく結びつけると、私は立ち上がった。

「では、私は行きますね。後はお願いします」

「い、今井さん」

私は振り返った。伊手と視線が合う。

「ありがとうございました」

風が吹いた。その風は冬には似つかわしくない、花の匂いがしたように感じた。

＊＊＊

十九時。天気は曇り。大熊駅のピロティの一角。私はギターケースを担いで、いつもの場所へと赴いた。ギターを取り出して、チューニングを済ませる。その間にも、目の前を幾人もの人々が通り過ぎて行った。

私は歌い始めた。今日はシックな曲でいこうか……。そんなことを思いながら適当にメロディを紡いでいく。

頭上高くに広がる雲は天気予報をまんまと裏切り、寒さが辺り一帯を包んでいた。今日は足を止める人はほとんどおらず、他のミュージシャンたちも早々に片付けていく。

弾いていて虚しさを感じる。こんな日もないことはないのだが。

(私もそろそろ止めようかな……)

そんなことを考えているときだった。道行く人々の中に、私のことを見つめる男性がいることに気付いたのは。男性は、右足を労わるかのように、ゆっくりゆっくりと私の方へと一歩ずつ近づいてくる。

「今井さん」

「……伊手さん」

伊手は頭を下げた。頭を下げる彼の傍を何人もの人々が通り過ぎていく。

「今日はありがとうございました。あなたのおかげで、みきちゃんは助かりました」

私は頭を振った。助けたのは彼である。

「いいえ、助けたのは伊手さんです。伊手さんのケガは大丈夫ですか？」

「僕は擦り傷だけです。そのケガで済んだだけで、よかったです」

私は一安心した。実際、彼は一人で立ち歩いている。傷は見た目よりも浅かったようだ。そこで納得した私は彼に訊いた。

「伊手さん。伊手さんは、いまどんな気持ちですか」

伊手は困惑の色を浮かべた。しかし、すぐに表情を戻した。

「いまは、嬉しさです。みきちゃんは助かりましたし、また、こうして今井さんと話すことができています。それだけで嬉しいです」

私は、フフッ、と笑みをこぼす。何とも単刀直入で実直な人だと思った。

「じゃあ、伊手さんにクリスマスプレゼントです。一曲歌ってもいいですか？」

伊手は、少しの間ポカンと虚を突かれたような表情を浮かべた。

「い、いいんですか？」

「いいんです。その代わり、最後まで聴いてくださいね。それじゃあ、歌いますよ」
弦をビイインと鳴らすと同時に、雪がフワリと舞い始めた。

〈了〉

はじまりの壁―坂本麗介

琴葉

■坂本(さかもと)一族

坂本麗介……私立日向学園大学医学部一年生
坂本都子……本家。私立坂本総合病院勤務医。麗介の母
坂本　樹……本家。私立坂本総合病院院長。坂本一族当主
坂本京介……本家。私立坂本総合病院勤務医。樹の息子
坂本飛鳥……本家。私立日向学園大学付属小学校四年生
坂本明日菜……本家。私立日向学園大学付属小学校四年生。飛鳥の双子の妹
坂本宥一郎……第一分家代表。私立坂本総合病院勤務医
坂本紳助……第二分家代表。私立坂本総合病院勤務医
早坂栄太……第三分家代表。百貨店経営
坂本夏央李……孤児院経営

■その他

豊　三七十……坂本家執事

蓮井凌平　……本家所属、坂本麗介専属執事

　別世界なのかと思った。

　あたりをぐるりと囲む白い塀の内側には、広大な庭園と立派な数軒の日本家屋。小説に出てきそうな光景に、思わずくらりとくる。

「麗介（れいすけ）様、こちらです」

　黒のスーツをシャープに着こなす彼は、僕の暮らしていた北の大地に、何の前触れもなく現れた。名前は豊三七十（ゆたかみなと）さん。彼に連れられて二日前に上京した僕は、見たこともない高級ホテルに一泊し、今朝、ここにやってきた。

「ここが、噂の高い……」

「はい。関東以北では敵なしの企業グループ、坂本（さかもと）一族の中枢でございます」

“坂本麗介様。名門日向学園大学医学部、合格おめでとうございます”

僕は幼少期から孤児院で育っている。両親は事情があって僕を育てることができない、そう聞いていたが――

“坂本家当主の命により、麗介様のお母様――坂本都子（みやこ）様に代わりお迎えにあがりました。四月より東京の本家で暮らしていただきます”

“どういう、ことですか？”

“都子様は優秀な内科医で、ご多忙のため、執事のわたくし、豊が参りました”

初めて聞いた母の名。自分の素性。

“初めから孤児院に話は通っております。麗介様が医学部に進学したら坂本家に戻らせるよう、孤児院とは契約しておりますので”

院長は慈悲深い女性で、子どもたち誰からも愛されていた。しかし、その環境はまやかしで、すべては仕組まれた人生――今思えば、なにかにつけて医学の話や医療の番組を見てきた気もする。

回想して思いだす愛は、まがい物。僕の十八年間は、偽りの自由のなせる夢だったのか。

◇
◆
◇

「母は、本家の人間ですか」

「はい。都子様はご当主のご息女に当たります」

「では、父は……」

「……存じ上げておりません」

斜め前をゆっくり歩く豊さんに連れられ、ひときわ大きな家屋につく。一目でわかる。他の家屋とは比にならない、荘厳さ。溢れる品。これが――

「坂本一族本家……」

「この先はにわたくしでも入れません。代わりに蓮井（はすい）という男が参ります」

「あ、ありがとうございます」

「恐れずとも、誰もあなたを煮るなり焼くなり、断罪したりしません。あなたが坂本の品位を汚さなければ、生活と地位、名誉は一生、保証されます。いずれブラックカードも渡されましょう。この奥は、庶民の考えが通用しない聖域です。では」

ほんの数日の生活だが、父親不明の僕にとって、豊さんは頼りがいのある“父”のようで。告げられた真実は、使命であるかのような感じがした。

そして、聖域から男がやってくる。豊さんとは違い、纏うオーラは凛々しく張り詰めて、一切の感情が消えているような男。

「坂本本家執事、蓮井凌平と申します。お名前は」

豊さんの逞しい背中はもう見えない。時計を見ると、たった五分しか経っていなかった。

逞しく生きます。ありがとう、豊さん。

「坂本麗介です」

知らない世界に足を踏み込む。それは吉と出るか、はたまた凶と出るのか。

「これから、麗介様のお部屋へ荷物搬入ののちに、三十分ほど休憩していただき、当主、各分家代表との面会になります。わたくしは麗介様の専属執事の任を承りましたので、ご用ならばなんなりとお申しつけください。内線七番で繋がります」

「分家代表？」

「この敷地に住んでいる、分家三世帯の世帯主のことです。外に住んでいる者たちの数倍もの権力をお持ちです。第一分家の坂本宥一郎様、第二分家の坂本紳助様、第三分家の早坂栄太様……宥一郎様と紳助様は、医療界で、ことに高名なお方です」

「早坂というのも分家なのですか」

「はい。“坂”の字を継いでおりますし、証拠がございますので。さあ、こちらの離れが麗介様のお部屋になります」

通された離れを前に、僕は言葉が出なかった。

荘厳な造りは当たり前。一流旅館のようなトイレ、大きな冷蔵庫、露天風呂と室内風呂、見たことのないような大スクリーンのテレビ――ここだけで家族四人は過ごせるような、僕の持つ語彙力では表せない部屋が広がっていた。

世界が違う。カルチャーショックもいいところだ。

「少しお話をさせてくださいませ。麗介様の待遇についてです」

「待遇」

「はい。本家は外部の人間、つまり白壁の外を嫌います。血の交わりを許されるのは、医療界の重鎮・不忍家、物流界の大物・満島家くらいのもの。選ばれし人間だけが足を踏み入ることを許される聖域と呼ばれる所以はそこにあります。失礼ながら、麗介様は外の血が流れているとお聞きしました。しかし、その優秀な頭脳を買われ、本家に招かれたのです。極秘情報ですから、ご自身の素性は簡単に明らかにしないほうがよいでしょう。他でもない、麗介様ご自身のために」

「はあ」

「理解に苦しむのは分かります。しかしながら、麗介様は本日付で坂本一族の中枢に関わる立場です。わたくしも全力で尽くしますので。では、三十分後にまた参ります」

蓮井さんが静かに扉を閉め、母屋へ戻るのを確認してから、座椅子に腰掛ける。私物よりグレードが高い備え付けの家電類を見て、大抵のものは捨てることに決めた。ここ数日の疲れがどっと出て、大きな深呼吸の後に睡魔が襲ってきた。舟をこいでいるのが自分でもわかる。

引っかかることは山ほどあった。気になること、これからの生活での不安――しかし、体は睡眠を欲していて、思考すらもうまく働かない。だから今は――


「ほんとだ！　離れに人がいる！」

唐突な金切り声に、鼓膜が震えて覚醒した。声の主を探すと、どうやら窓の外らしい。座椅子から離れて窓を開けると、子どもが一人いた。女の子のようだ。

「君は、誰だい？」

「わたし？　わたしは……」

「こら！」

続いて出てきた声音の持ち主は男の子。女の子と同い年のようで、面立ちがよく似ている。

「勝手に名前を教えるなって、おばあ様が言っていただろう」

「いいじゃない。急に離れの改装工事が始まって、わくわくしてたの。ねえ！　わたし、坂本明日菜。九歳。こっちは双子の兄の坂本飛鳥。お兄さんは？」

双子だったのか。

「僕は、麗介だよ。よろしくね、飛鳥君、明日菜ちゃん」

あどけない子どもに癒される。大人の話ばかり聞いて辟易としていた心が浄化されたような気分だ。よろしく、と手を伸ばす。すると――

「いけません、麗介様！」

蓮井さんが鬼の形相で迫ってきた。

「あ、蓮井だ」

「飛鳥様、明日菜様！　離れには行かないというお約束でしょう」

「はあい、もう。行こうよ、飛鳥」

大人しく踵を返す彼ら。何が起こったのか分からない僕。こういう時こそ執事の役目だろう。

先ほどより疲れた顔をした蓮井さんに尋ねる。

「蓮井さん、彼らは……」

「兄の飛鳥様、妹の明日菜様。双子のごきょうだいで、当主の孫です。いずれ坂本一族を束ねてゆく立場ににおられる高貴な方々です。さあ、行きましょう。当主の樹様が、首を長くしてお待ちです。お二人も同席されますので」

当主の間に通され、用意された食事をつまみながら、当主の樹さんを待つ。樹さんも医者で、緊急会議で遅れるとのことらしかった。座敷に集まっているのは、僕を含めて四人。蓮井さんに渡された資料を見ながら、ひとりずつ確認してゆく。

「めでたいな！　麗介君、専門はどこを希望するんだ？」

第一分家の長、坂本宥一郎氏。巨漢で声も大きく、張り詰めた空気を一気に崩した。ムードメーカーなのだろうか。

「まあまあ、焦らず。宥一郎さん、ご自分の配下にホープを取り入れるのはやめてもらいたい」

白衣のまま現れたのは第二分家の坂本紳助氏。僕と同じように日向学園大学医学部に首席入学したのち、卒業時も首席の成績だったそうだ。ノンフレームの眼鏡をかけ、理知的なオーラを放っている。

「なんだと？　四十過ぎの若造がよく言うわ。なあ、栄太君」

「僕に話を振らないでいただきたいです。医者でありませんので」

第三分家の早坂栄太氏は異色で、医者でなく百貨店を経営をしている。今までいろいろとあったらしく、何かあったら彼に話を聞いてみるといい、と、蓮井さんから紹介された。

「蓮井。あと何人参加だ。樹殿を抜かしてな」

「京介様がいらっしゃいます」

「京介君か……次期当主、ということでなければ断罪だ。由緒正しき一族に、民間の血など入れおって」

「蓮井さん、先ほどの双子さんは……」

「お二人はお勉強のためご欠席とのことです」

「甘い、実に甘いな。双子は確かに賢いが、わしは認めん」

「まあまあ、宥一郎さん。今日は麗介君の晴れの日ではないですか」

「早坂如きに窘められるとは。わしも落ちたものだなあ。ああ、栄太君は確か……」

伝統ある坂本一族、しかもそのトップたちの汚く醜い言い合いに、思わず目を閉じる。僕は何をしに来たのだろう。夏央李さんの温かい教育を受け、医者の門をたたき、招集されたところはあまりにも汚らしい。
できることなら戻りたい。あの、広い大地。無理なのは百も承知である。そんな思考を巡らせていた時だ。

「見苦しいぞ、宥一郎」

仲裁に入ったのは、中立を決め込んでいた紳助さんでも、まだ見ぬ次期当主でもなく。
「遅れてすまねえな、着替えで遅くなった。京介も一緒だ」

関東一の資産家一族・坂本家の頂点に立つ男――

「し、失礼しいたしました」
「まあいい。ほお、確かに都子の面影があるな。俺が坂本一族当主・坂本樹。お前の爺ちゃんだ、麗介」

坂本樹、その人だった。

　我が祖父・樹は還暦を迎えながらも現場で働き、且つ病院を主軸とした経営責任者、一族の総監督を務める、パワーの漲る老人だった。僕の母・都子を溺愛していて、外出時は必ず連れて歩くのだと教えてくれたのは、一緒に入ってきた京介さんだった。

「今日から……というか、俺は君の伯父だ。妹の非礼を詫びるよ。今まで一人で大変だったろう」

「いえ、院長がよくしてくださったので」

「院長……ああ、夏央李か。彼女は我儘娘の都子と同い年で仲が良いんだ。いろいろ汲み取ってくれたんだろう。それにしても、よく頑張ったな」

「いえ、滅相もない」

　初めて会話をする伯父は優しく、固まっている僕を、会話でほぐしてくれているようだ。

「ああ。なあ、麗介。良い医者になれ。親父は直に当主と院長の座を降りて、俺がそこを継ぐ。お前には片腕になってほしい。それが、坂本本家の息子として、ここで生きることの真意なんだ」

　大人は実に勝手だ。まだ始まってもいない僕のキャンパスライフに線路を引き、歩かせようとする。そして、まだ写真ですら見たことのない母に、無性に会いたくなった。彼女はどんな思いで僕を産み、置いて去っていったのだろう。

　僕の素性はトップシークレットだから、勝手に教えられない、と、京介さんはそう言って酒で盛り上がる会場に溶けていった。

坂本一族で暮らす、僕こと坂本麗介の人生は始まったばかりなのだ。味方は多くないようだが、がむしゃらに前を向き、精進しよう。それこそが僕が招集された意味なのだから。大人たちの宴に交じり、僕は静かにそう誓った。

〈了〉

一本桜の会

レンタル後輩

下ヶ谷ひろし

高校の文化祭にはろくな思い出がない。

入部を希望していた漫画研究会が前年には消滅していたことを知り、俺の高校生活は落胆のうちに始まった。だからといって、同じ絵を描くという理由で美術部に入る気にもならず、出来心で選んだ弓道部で鳴かず飛ばずな三年間をすごした。だから、文化部連中が活躍する祭典を心から楽しむことが出来なかったのは無理もない。

当然、藤岡もそれをよく分かっているはずだ。この悪友は当時、サッカー部のエースだったが、学校のイベントの類いも、体育会系から文化系まで幅広く、全力で楽しむタイプの男だった。運動も社交もお手の物なこいつの器用さにはいつも感心させられていた。だが、同じようになりたいと思ったことは一度もない。小学校以来の付き合いなのだから、俺のこういった性格を分からないわけではあるまい。なので、久々に学食に誘われ「なあ浅井、ちょっと今週末高校の文化祭に行く気ない？」などと言われた時には驚いた。

「ない。なんの企み？」

そうとしか思えない。なので正直に言ってやった。

藤岡は「は～あ」と大げさなため息をつく。怪しさ満点だが、こいつはもともと芝居がかった男でもあった。

「そんなんじゃないってマジで。ただ今年だけは俺、どうしても行けないからさ。弟に差し入れしてほしいんだ」

頼むよ、と手をあわせるが、俺が渋い表情を崩さないのを見ると「それにさ」と続けた。

「カメラ持ってけば？　お前の漫画の資料にもなるんじゃねえか？　今どき学校ん中とか女子高生とか撮り放題なんて、そうそうできないだろ？」

漫画関係なら何でも食いつくと思っていやがる。というか、そもそもだ。

「女子高生撮ったらダメだろ、普通に考えて……」

しかし、高校の資料写真というものにも多少の興味はある。悔しいのであくまでも渋々の体を保ったが、差し入れの件は引き受けることにした。藤岡はさわやかな笑顔で礼を言い「カメラ持ってくならついでに弟の女装姿撮っといてくれ。あいつ、コンテストの優勝候補らしいから」とさらりと告げた。

「……お前、慧君をあんまり虐めてやるなよ」

藤岡は「何が？」と言いたげな表情を見せた。こいつは昔から横暴な兄貴だった。


週末は見事な秋晴れとなった。まさに文化祭日和といった具合だ。母校への並木道を久しぶりに歩く感覚は、何かそわそわとする物があった。意外と暖かい日差しのせいで、着てきたブルゾンの下にじんわり汗をかく。それともこれは緊張のためだろうか。上着選びを間違えたのは完全に自分の判断ミスだ。しかし今は、向かう先から賑やかな音を響かせている文化祭が全ての元凶に思えて変に腹が立った。

「いかん。既に帰りたい……」

俺は左手に持った紙袋を一瞥した。今朝、藤岡に託された物だ。中身は見ていないが、大きさの割になんだか重い気がする。面倒くさいことこの上ないが、流石に引き受けた以上、慧君にちゃんと渡さなければなるまい。

時折、冷たい風が吹いては路上に散らばっている落ち葉を巻き上げた。上着の前を開けたり閉めたりと、体温調節に四苦八苦しているうちに、母校に到着してしまった。

校門の前では数人の女子生徒が客寄せをしている。一人が掲げるプラカードにはポスターが貼られており「第三十二回錦秋祭」とカラフルな文字が躍っていた。立場上そうしているだけなのかは分からないが、皆、輝くような笑顔を来場者に向けている。楽しそうに青春を謳歌するその姿ときたら。自分の高校時代を思い返してみると惨めな気がしてくる。

彼女たちと目をあわせないようにしながら、俺は足早に構内に入ろうとした。ところが、チラシを配っていた子が目ざとくそれに気づき、無視できない絶妙なタイミングで、

「校内の案内です、どうぞ！」

と、目の前に一枚を差し出した。しかし俺は焦ってしまい「あ、いや、大丈夫です、ＯＢなんで」などと早口で告げ、受け取らずにそそくさと構内へ入ってしまった。

まったく、自分の余裕のなさに恥ずかしくなる。その上、慧君を捜すのに先ほどの案内が必要だったということにも気づき、自分の馬鹿さ加減にも頭を抱えたくなった。だが、流石に女

子生徒のところに戻って「やっぱりください」というのはあまりに情けない。俺は喧噪から外れたところに立つ背の高いイチョウの木陰まで行き、そこでしばらく呆然としていた。

「……さて、どうしたもんかな」

様々な立て看板や出店に彩られた構内に改めて目をやる。在学中に見慣れていたはずの景色がまるで別物だ。文化祭ってこんなにも賑やかなイベントだっただろうか。高校時代に興味を持たなかったせいで、実行委員会本部のありそうなところも見当が付かない。だからといって、一人でこの雰囲気の中を闇雲に歩き回るのは、なんだか嫌だ。

俺は手がかりを探してあちこち見回した。すると背後から唐突に、弾むような高い声が響いた。

「セ～ンパイっ」

まさか自分のことではないだろうが、周りにほかの人はいない。怪訝に思って振り向くと、母校の制服に身を包んだ小柄な女子生徒が真後ろの日向に立っていた。肩で切りそろえた黒髪がツヤツヤと秋の日差しにきらめく。薄い栗色の瞳はこちらの表情をのぞき込んでいる。あっけにとられていると、彼女は首をかしげ、少し眉根を寄せて、柔らかそうな唇をとがらせた。

「センパイ？」

とがめるような視線。知りあい？　いやいや、そんなはずはない。何かの間違い。そうに違いない。なぜなら、どんなに必死にあれこれ考えを巡らせてみても、こんな美少女が後輩だった記憶がない。それどころか、こんな美少女に一度でも話しかけられたことすらないのだ。

「えっと、誰っすか？」

愛想笑いの口の端からようやく言葉を絞り出すと、彼女は目を細めてふっと笑った。顔が熱くなるのが分かる。

「ごめんなさい。ほんとは初めまして。でもＯＢなんでしょ？　さっき校門で聞いちゃって。なら、センパイですよね」

先ほどの呼び込み集団にこんな子、いただろうか。足早に通り抜けたせいもあり、うまく思い出せない。だが、よく見てみると、身体の後ろにボードのような物を隠している。ポスターか何かなのだろう。ただ、ひとつ明らかだったのは、彼女が校内を歩くほかの生徒とは違う雰囲気を持っているということだった。単純に言えば非常にモテそうな“美女”のオーラをまとっている。

「はあ……いや、そうかもだけど……俺、君のこと全然知らないし」

まあまあいいじゃないですか、と彼女は言葉を続ける。

「センパイ、困ってません？　なんか、どこに行ったらいいのか迷ってるっぽかったから」

図星なので「あー」とか「まあ」とか言葉を濁していると、さらにたたみかけてきた。

「何か目当ての出し物とかあるんですか？　それかテキトーにぶらーっと来た感じ？　今年もいろいろ楽しい企画でいっぱいだし。うちのおすすめとか知りたいですか？」

勢いに押されて「行かなきゃならないとこは、あるにはあるんだけど……」と言ってしまうと「やっぱり！」とすかさず食い付いてくる。

「えー、どこどこどこ？　どこですか？」

行き先を教えたら付いてきそうな雰囲気すら感じ、俺は「じょそ」まで言ったところで言葉を呑み込んだ。あんまりにも怪しすぎる。

「あのー、これは何か俺に用がある感じなのかな？　何がしたいの？」

彼女はまた目を細めてにっこりして見せてから「わたしは～」と間延びした声を出した。そして、じゃーん、と口で効果音を出しながらボードを身体の前に持ってきて、こちらに突き出した。

「これです。お小遣い稼ぎ。センパイ、どーかなあって」

俺は書かれている丸っぽい文字と数字に目を通し、絶句した。

『後輩レンタル
あなただけのかわいい後輩が錦秋祭を案内しちゃいます！

ただの後輩コース：５００円
部活の後輩コース：１０００円
幼馴染み後輩コース：１５００円

小悪魔な後輩コース：２０００円
妹コース：５０００円』

全ての合点がいった。要するに俺は体の良いカモということだ。

「ちくしょう、そういうことかよ！」

悔しくて泣きたくなる。一番ショックだったのは自分自身の単純さだ。この美少女との短いやりとりに、実はちょっと心をときめかせてしまっていたのだ。アホか。

「センパイにはこの『妹コース』あたりがオススメなんだけど～」

こちらの気も知らず彼女は営業を続ける。しかしとても聞く気にはならず「いや、いいよ、いらない。ほか当たって」と、俺はそっぽを向いた。しかし彼女はなかなか引き下がらない。

「えーケチ。ねえ、センパイ。センパイだったら今だけ特別裏メニューの『後輩彼女コース』でもいいよ？　一万円！　めっちゃお得だよ？　手つないだり出来ちゃうよ？」

「間にあってます！」

彼女はあからさまに不審そうな目線を向け「えー、それは嘘だ」などと言う。

余計なお世話だ。

「もう……とにかく、いらん！　女子高生とか後輩とかで喜ぶと勝手に思わないでくれ」

俺が言い放つと、彼女はあからさまにしょげた。しょげたが、その場を動こうとしない。仕方がないので俺が動こうとしたが、慧君がどこにいるのか分からないという問題は未解決のままだった。結局踏み出せず、しばらく沈黙が続く。

俺は頭をがりがりと掻いて「あー、わかった」と切り出した。

「じゃあ、『ただの後輩コース』……」

すぐに彼女は満面の笑みを浮かべた。

「毎度！」

とんだ仕事人だ。５００円を渡すと、彼女は担いでいたリュックサックから財布をとり出して小銭を仕舞う。ついでにボードも手際よく折りたたみ、財布と一緒にリュックに突っ込んだ。

「女装コンテストの会場まで、案内を頼む」

俺が言うと、彼女は「まあっ」と演技っぽく言って恥ずかしそうに両手で口元を押さえ、目を輝かせながらこっちを見つめてきた。おや、何かとんでもない勘違いをしているようだ。

「あの、言っとくけど女装に興味とかないからな？　友達の弟が出んの。差し入れを頼まれてんの。それだけだからな？」弁解しながら俺は左手の紙袋を何回も指す。

彼女は悪戯っぽくふふっと笑い、目を細めた。風になびく髪がキラキラ光る。本当に可愛い子だな、などと改めて感じてしまっている自分に気づき、慌てた。高校生相手に何ということを。この馬鹿野郎。

ふと、彼女がこちらを窺っていることに気づき、俺は努めて平静を装い、

「なんでもない」と、目をそらした。

ふーん、と彼女は言い、少しにやりとする。どうも思うつぼになっているような気がしてならない。

「私はミユキ。じゃあ行こっか、センパイ」

ため息を一つつき、俺は歩き出す彼女の後を追った。日向に出ると、秋の澄んだ日の光が目にしみた。

考えてみれば、会場を教えてもらうだけでも良かったのだ。何となくそれを言い出せなかったことを、俺はすぐ後悔することになった。

コンテストは午後一時開始。ステージ準備前に間にあわせるにしても、始まるまで二時間以上あった。そこで彼女は校内のオススメポイントをあれこれ紹介すると言いだした。ところが、

「センパイ、三組のフライドポテト評判いいんだよ！」

「ねえセンパイ、あそこの焼きそばもおいしそうじゃない？」

「センパイ、ほら輪投げ！　景品すごいよ！　あのマスコット可愛くない？」

「センパイ、喉渇いた」

「ねえ、アイス」

案内とは名ばかりの注文を彼女につけられるたび、俺はそれらの品を（当然、自腹で）買う

ことになった。バイトをそこそこしかしていない男子大学生の財布には大打撃だ。

さらに気になったのは、どこへ行っても高校生からの視線が刺さるような気がしたことだ。『ただの後輩コース』とはいえ、彼女と連れだって歩いている様子は、もしかしたら、デートのように見えなくもないのかもしれない。となると、ここの生徒と白昼堂々、不純異性交遊をしていることになる。そりゃ確かに問題だ。そう思ってから、俺は教師に見つかるのではないかとビクビクするようになった。

そうしているうちに時間が過ぎ、コンテストの開始時刻が近づいた。会場は講堂だったが、出場者は隣接する三年生の教室を控室に使っているとのことだった。

扉をノックすると、やたらと厳めしいツインテールの生徒が出てきた。少し気圧されながらも慧君の所在を訊ねると、野太い声で「おい慧、ご指名だぞ！」と振り返って呼んだ。中で笑い声が響く。すると、ツインテールと入れ替わりに今度は長身の美女が顔を出した。

「なんだ、浅井さんか」

このハリウッド女優ばりのオーラを持った美人が慧君なのだとようやく気づき、俺は心底驚いた。

「すっごいな。一瞬誰だかわかんなかったよ。こりゃ確かに優勝候補だわ」

「やるからには一番、獲ってやりますよ」と慧君は不敵に笑う。その表情がまたいかにも様になっていて面白い。

「でも珍しいっすね、浅井さんが文化祭に顔出すなんて。兄貴になんか頼まれたんすか？」

「ああ、そうそう。差し入れ。中身はなんだか分からんけど」

言いながら紙袋を差し出した。

「ありがとうございます。てか、スミマセンっした。兄貴の使いなんかさせちゃって。浅井さん、文化祭とかこういうの、結構めんどくさがるじゃないっすか」

「ほんと勘弁して欲しいよ。藤岡は後で海に沈める。まあ、改めて来てみたら結構、面白いけどね」

「ならよかったっす。あ、兄貴の件は協力しますよ」と慧君は笑う。

そこで俺はミユキさんがいないことに気づいた。きょろきょろと見回すが、どこにも見当たらない。

「誰かと一緒に来てるんすか？　彼女？」

「違う違う、ここの生徒。案内してくれたんだよ。有料で」

慧君は眉をひそめた。

「ミユキさんっていうらしいけど……、たぶん、三年生じゃないか？」

「名前、聞いたことないっすね。全クラス把握してる訳じゃないけど。浅井さん、騙されてたりとかしません？　気をつけた方がいいっすよ」

「いやいや、騙されてなんか……！」

と言いかけたが、正直自信は無い。既に結構な額を使ってしまっているのも事実だ。

「あー、まあ、気をつけるよ」

と力なく笑う。

「まあいいや。浅井さん、コンテストも絶対見に来てくださいね。惚れさせてやりますよ」

そう言いながら慧君が紙袋を開けると、中から肌色の柔らかい丸みを帯びた物が二つ出てきた。シリコン製の胸、一セット。引っ張り出した際にはらりと床に落ちた手紙には藤岡の字で
『下級生を誘惑してこい！』と大きく書かれていた。

「あのクソ兄貴」

慧君は心底嫌そうな表情をしながら、シリコンを揉み揉みしていた。


控室を後にして、ミユキさんを探すと、廊下の角を曲がってすぐのところにいた。俺はなんとなく、彼女が先ほど姿を消したことに違和感を覚えていた。控え室にはメイクを手伝うほかの女子生徒もいたし、男子の着替えを覗きたくない、というのが理由とは考えにくかった。

「あっ、センパイ。終わりました？」

「うん、まあね。おかげで助かった」

「でしょー。ま、いろいろご馳走にもなったし」

「これ以上は頼むから許して」

彼女は「えー、ケチ」と楽しそうに笑った。俺は、思い切って訊くことにした。

「ミユキさん、何年生？」

彼女が動きを止める。しかしすぐに、にやっと笑って人差し指を口に当てた。

「本当は秘密だけど、センパイには特別教えます。三年生、ですよ」

嘘のような気がしてならない。しかし、追求する気にもならず、俺は頭を掻いて目をそらした。

「じゃ、コンテスト行こっ」

彼女はさっさと歩き出し、続々と生徒が集まってくる講堂に入っていった。

講堂は通常教室を四つまとめたくらいの広さがあったが、入ってみると既にすし詰め状態だった。見回すと、後ろ側の立ち見スペースにミユキさんが立って手招きしている。俺は人混みの間を縫って彼女のもとまで行った。

コンテストが始まると、女装した男子生徒達が似あう・似あわないを別にした本気のダンスを踊ったり、モデルをまねしたファッションショーをしたりして見せ、感心せずにはいられないパフォーマンスが続いた。慧君が登場するたびに、会場は黄色い歓声に包まれた。胸の谷間を見せつけるようなポーズで投げキッスをすると誰かが崩れ落ちるように失神した。横に目をやると、ミユキさんも涙目になりながら一緒に笑っていた。

終盤に差し掛かり、上位入賞者の発表が始まった。暗転、ドラムロール、スポットライト。へんてこな名前の賞を勝ち取った生徒達が登壇しては、司会のインタビューに嘘泣きしながら答えた。

俺はステージを見たままミユキさんに話しかけた。

「今日はありがとう。俺、文化祭って苦手だったけど、結構楽しめた」

「そりゃあ、レンタル後輩冥利につきますね」

「大した仕事人だ」

頬がゆるむ。

「あのさあ、良かったら……次はうちの大学の学祭、案内させてよ。再来月だからさ」

彼女は「ほんと?」と言い、目を見開いてこちらを見た。

「楽しみ！　絶対ですよ」

「うん」

次はついに最優秀賞だ。ここまでで慧君の名前は挙がっていない。

俺は意を決して続ける。

「それで、もし嫌じゃなかったら、連絡先……」

暗転、ドラムロール。

俺の声は司会者の叫びに掻き消される。

スポットライトが慧君を照らし出し、目を奪われる。渾身のガッツポーズとともに雄叫びが響く。

照明が再び点けられると、隣にミユキさんの姿はなかった。ぽかんと空いたその空間のように、心にも喪失感が滲む。ただ、同時に自分が意外にも冷静でいることに気づき、少し驚きもした。

高校生相手に何をやっているんだか。俺は長いため息を一つついた。思えば、もう一つの目的だったはずの資料写真なんか、一枚も撮っちゃいなかった。

「にしてもこんな漫画みたいな話、あるもんかね」と独りごちる俺を、周りの人が怪訝な目で見る。

少なくとも、次の漫画のネタはこれで決まりだ。


それから二ヶ月が経った。俺はミユキさんのことがどうしても忘れられず、恥を忍んで藤岡に相談する愚行にも走った。藤岡はひとしきり大爆笑してから「キツネかタヌキに化かされたんじゃねえの?」と馬鹿にしてきた。こいつのためには二度と代返などしてやるものか。

学祭のシーズンが近くなると、俺は臨時で実行委員の仕事をすることになった。大道具の準備やゴミ捨てなど、簡単な雑務ばかりだ。もともと委員に参加している藤岡からの誘いというのは癪だったが、なんとなくやってもいいかなと思った。以前の自分からは想像もつかないような変化だ。

学祭当日、ゴミをまとめて運んでいると、藤岡に呼び止められた。

「おーい。ちょっと人を紹介させてくれ」

唐突になんだと思いながら見ると、藤岡のうしろに隠れている人物がいる。背丈は俺の顎下くらい。金髪のショートボブが派手な女子学生だ。にわかに緊張する。

「え、なんで？　何？」

「こちら、俺が参加してる心理学のプレゼミの先輩。三年生の深雪(みゆき)マキさん」

カラータイツにショートパンツ、スタッズベルト、革のジャケット。とてもじゃないがこれまで交流したことのあるタイプの女子ではない。内心で怖じ気づくが、勇気を出して挨拶する。

「こ、こんにちは。初めましてっす」

すると彼女が睨んできた。意味が分からない。悔しかったので彼女と目をあわせたままにしていたが、このままではヘビに睨まれた蛙だ。

ところで、この日は十一月とは思えない暖かさで、母校を訪れた日を思い出させるような雲一つ無い学祭日和だった。降りそそぐ日の光が、彼女の金髪と薄い栗色の瞳を照らしていた。

「三年……？　あ！」

気づいて大声を上げると、彼女は目を細めてふふっと笑った。

「案内よろしくね、センパイ？」

　彼女がいったいなぜ高校生のフリをしていたか、強い抗議の意も込めて説明を要求すると、心理学の実験だなんだと、俺には理解不能な説明をしてくれた。藤岡もどうやら最初からグルだったそうだ。なので、来週末あたり慧君も誘って海に連れて行ってやろうと思う。秋の海水浴はきっと骨身にしみる冷たさだろう。今から楽しみだ。ともあれ、結局のところ簡単に言ってしまえば、俺は体の良いカモだった、ということらしい。

「制服って魔法みたいでしょ。誰でも女子高生に見えちゃう」と彼女が笑った。

「いや、でもめちゃくちゃ怪しかったっすよ」

　彼女は膝裏に蹴りを入れ、柔らかそうな唇をとがらせた。

「気づかなかったくせに」

　やはり、高校の文化祭ではろくな思いを――。そう思いかけてから俺は首を振った。

「今日は先輩が奢ってくださいよ」

　また蹴りを入れられる。

　もう少し素直になって考えよう。そう、なんだかんだで、ちょっと前から俺は結構楽しんでいるのだった。

〈了〉

一本桜の会

あとがき

岩手の文芸サークル「一本桜の会」の杉村修です。

当サークルの新同人誌『Jigsaw』をお手にとってくださり、誠にありがとうございます。

この『Jigsaw』は私たち「一本桜の会」の新しい風を感じていただきたいと思って制作した作品集です。サークルに所属する四人と、寄稿者一人による作品集になっております。

私たちは文字を書くことが大好きですが、実際に読んでみると文章が下手かもしれません。特におもしろいと思われないかもしれません。それでも私たちは何かを残したいのです。

そんな思いがこもった同人誌とともに、これからも「一本桜の会」は走り続けます。


さて、私個人としましては、２０１９年にマイナビ出版様から無事に作品を出すことができました。正直ほっとしております。

著作名は『神話世界のプロローグ』といい、内容は神話をテーマにしたＳＦファンタジー作品となっています。

小説家として生きてゆきたい私としましては、この出版不況のなかで書籍を出せることが非

あとがき ー 杉村 修

常にありがたいことであり、チャンスだと思っております。こういったチャンスを一つ一つ積み重ねながら大きく羽ばたいてゆきたいです。

最後になりますが、岩手という地域は、宮沢賢治らをはじめとする、素晴らしい文学者たちを多く生み出してきました。私たちもそんな文学者たちの後を追い、大きな夢を描きながら生きてゆきたいと思っております。

十年後、二十年後にはどうなっているのかわかりませんが、この同人誌が何十年も先の未来まで残っていたら、とても嬉しく思うのでしょう。

それではみなさま、このたびは誠にありがとうございました。

２０１９年　夏

一本桜の会　杉村　修

編集後記

　はじめましての方にははじめまして、過去の作品たちをご存じの方にはお久しぶりです。「一本桜の会」のもうひとりの代表をしております、藍沢篠と申します。

　当サークルの新たなる同人誌『Jigsaw』、いかがでしたでしょうか。

　先に杉村が記している通り、文章が下手かもしれず、内容も特におもしろくもなかったかもしれませんが、現在のメンバーたちの「精一杯」が詰め込まれた物語たちから、ほんのわずかにでもなにかを感じ取っていただけましたら幸いに思います。

　不肖・藍沢、今回の同人誌刊行にあたり、本文の編集とレイアウト、そして校正作業に至るまで、実に多数の作業を担当させていただきました。これまでもレイアウト作業などは担当してはいたものの、今回は杉村をはじめとする他の仲間たちとの話しあいの結果として「できる限り本格的なものを作ってみたい」という形で意見が一致し、再び自分に裏方の作業が回ってきた格好になりました。

同人誌を一冊作る、といいますと「大したことはないのでは？」と思われる方も一定数はいらっしゃるのではないかと思いますが、実際に作業を担当してみると、おそらく考え方は変わってくるでしょう。細心の注意を払いながら原稿を読み、作者の持ち味を損なわないようにしながら校正をかけ、綺麗に見映えのするようにレイアウトを組むなど、常に神経を張り詰めさせっぱなしの作業となります。とかく精神的に摩耗することはお察しいただけるでしょう。

それでも「やめたい」と思ったことだけは、いちどもありませんでした。

この作業を終えた時、自分自身の中でなにか殻を破ることができるのではないかと、淡い期待のようなものもあったからかもしれません。もっとも、いまだに殻を破れているのかどうかは定かではないのですが、少なくとも作業が苦になるということはなかった、と、それだけは間違いなくいえると思っています。

最後に、この同人誌の印刷・製本を請け負ってくださいました有限会社ツーワンライフ様へこころからの感謝の意を捧げ、締めに代えさせていただきたいと思います。

この同人誌が、みなさまになにかを残してゆくことを願いまして。

２０１９年 夏

一本桜の会 藍沢 篠

一本桜の会

※当同人誌の収録作品はすべてフィクションです。
実在の人物・団体などとは
一切の関係はございませんのでご了承ください。

～執筆者プロフィール～

杉村　修（すぎむら・おさむ）

1988年生まれ。岩手県雫石町在住。

小説家、時計修理、農業。

著作に『注文の多いカウンセラー』、『イーハトーブの風の音に』（北の杜文庫）、『神話世界のプロローグ』（マイナビ出版・電子書籍）がある。

一本桜の会共同代表、岩手児童文学の会会員。

藍沢　篠（あいざわ・しの）
1988年生まれ。岩手県葛巻町出身、岩手県滝沢市在住。
2014年より岩手芸術祭に応募を開始し『県民文芸作品集』ではこれまでに小説部門、児童文学部門、詩部門の3部門で入賞した記録を持つ。その他、岩手芸術祭「詩の大会」や『いわて震災詩歌2017』においても入賞記録がある。
一本桜の会共同代表、岩手県詩人クラブ会員、岩手児童文学の会会員、岩手県歌人クラブ会員、土曜の会同人。

～執筆者プロフィール～

今和　立（いまわ・りつ）
1987年生まれ。岩手県岩手町在住。
2016年より岩手芸術祭に応募を開始し『県民文芸作品集』ではこれまでに小説部門、戯曲・シナリオ部門、児童文学部門の3部門で入賞した記録を持つ。また、岩手県久慈市在住時代に応募した市民文芸賞でも受賞記録を持つ。
趣味は勉強と資格集め。そのためには苦労を厭わない。

琴葉（ことは）

東京都出身、岩手県盛岡市在住。

家事と執筆を両立させながらプロ作家を目指している。

オンラインではカクヨムや Twitter、オフラインでは文学フリマ岩手を中心に活動。

「一本桜の会」での活動の他に、白猫氏（@shironekoshiii）とのサークル「K-N_Book Factory」の代表兼広報と小説の執筆を担当している。

～寄稿者プロフィール～

下ヶ谷ひろし（しもがや・ひろし）
1988年生まれ。岩手県平泉町で育つ。
現在は宮城県仙台市在住で、会社勤めをしている。
杉村修の誘いで、今回初めて小説の執筆に挑戦した。

一本桜の会

『Jigsaw』奥付

著作団体名　一本桜の会

執　筆　者　杉村　修
藍沢　篠
今和　立
琴葉

寄　稿　者　下ヶ谷ひろし

表紙寄稿者　虚月はる

編集・校正　藍沢　篠

発行年月日　2019年6月11日　初版

印刷・発行　有限会社ツーワンライフ
〒028-3621
岩手県紫波郡
矢巾町広宮沢10-513-19
☎019-681-8121
http://iihon.com/

連　絡　先　藍沢　篠
〒020-0621
岩手県滝沢市大崎94-19
YBコーポラスB201号室 川戸方
✉ paperaquarium7466@gmail.com